ISBN 978-2-211-05302-0

© 1999, l'école des loisirs, Paris
Loi numéro 49 956 du 16 juillet 1949 sur les publications
destinées à la jeunesse : avril 1999
Dépôt légal : novembre 2007
Imprimé en France par Aubin Imprimeur à Poitiers

CLAUDE PONTI

Monsieur Monsieur et Mademoiselle Moiselle

BIZARRE… BIZARRE

l'école des loisirs
11, rue de Sèvres, Paris 6e

Ce matin,
Monsieur Monsieur s'en va
se promener.

Sous une branche
de Charmilla Moremilla,
Monsieur Monsieur rencontre
Mademoiselle Moiselle.

« C'est bizarre »,
pense Monsieur Monsieur,
de retour chez lui,
« …il me manque un bras ! »

Il revient sous la branche
où il trouve son bras
et celui de Mademoiselle Moiselle
en train de se serrer la main.

Mademoiselle Moiselle
est revenue, elle aussi.

AWTY INTERNATIONAL SCHOOL

« C'est bizarre »,
pense Mademoiselle Moiselle,
de retour chez elle,
« … il me manque un bras
et une jambe. »

De son côté,
Monsieur Monsieur,
à qui il manque aussi un bras
et une jambe,
retourne sous la branche.

19

Il arrive en même temps
que Mademoiselle Moiselle.

« C'est vraiment bizarre »,
pense Monsieur Monsieur,
de retour chez lui,
« je laisse beaucoup de moi-même
sous cette branche
de Charmilla. »

« C'est vraiment bizarre »,
pense Mademoiselle Moiselle,
de retour chez elle,
« je laisse beaucoup de moi-même
sous cette branche de Charmilla. »

Mademoiselle Moiselle
et Monsieur Monsieur
se retrouvent sous la branche.
Ils disent : «Je crois que je sais
ce qui nous arrive,
nous sommes amoureux.»

« Je vous aime… »
dit Monsieur Monsieur.
« Je vous aime… »
dit Mademoiselle Moiselle.